AF345199

MÉMOIRE

RELATIF AU CHANGEMENT

DE LA MACHINE DE MARLY.

PAR M. BRUNET AINÉ.

Il est constant que l'industrie est l'ame du commerce ; que la protection qu'on lui accorde influe beaucoup sur le caractère national, et qu'on lui fait le plus grand tort quand on préfère les diseurs aux faiseurs. C'est dans ce moment, sous un Gouvernement légitime et bienfaisant , et lorsqu'on est sûr que l'industrie aura une protection spéciale et indispensable, que MM. Perier et Bralle, qui plaident pour faire décider lequel des deux a le plus contribué à la perte de 1,400,000 fr. dépensés à la machine de Marly, sans qu'il en soit résulté autre chose que la rupture de la tour des aquéducs, cherchent à anéantir le service que j'ai rendu en faisant monter, d'un seul jet, l'eau de la rivière sur cette tour. L'un veut détruire mon opération , sans autre raison valable, sinon qu'elle nuit à ses vues : l'autre veut s'approprier tout ce que j'ai fait, et trouve mauvais que M. Perier, quoiqu'en dépréciant mon travail, ait cité mon nom, et cela parce qu'il veut qu'on ne parle que de lui.

Les Mémoires de ces Messieurs sont imprimés et répandus avec profusion ; il paraît juste que je me défende publiquement.

Je commence par déclarer que j'ai fait monter l'eau d'un seul jet, d'après des principes plus sûrs que ceux qui ont été employés avant moi, et je pourrais même dire depuis ma sortie de la machine; que j'ai établi un système qui ne ressemble en rien à tous ceux qui avaient paru ; que j'ai même réussi dans les circonstances les plus défavorables, et que j' étais sûr de mon fait : autrement me serais-je exposé à rendre à un adjudicataire l'argent que j'aurais dépensé mal-à-propos? Ces Messieurs seraient fort embarrassés si on les mettait dans le même cas (1).

Je n'emploierai point ici des phrases spécieuses qui décèlent l'embarras de celui qui en fait usage; je me bornerai à citer des faits appuyés par des preuves authentiques.

Sous les règnes de Louis XV et de Louis XVI, on pensa, avec raison, que le moyen le moins dispendieux était d'élever, d'un seul jet, l'eau sur la tour des aquéducs de Marly. En conséquence on ordonna de faire des essais pour faire monter l'eau d'un seul jet ; ces essais furent faits en 1738 par M. Camus, membre de l'Académie des Sciences ; en 1747, par M. Bockstaller, mécanicien du roi Stanislas; en 1775, par M. l'abbé Trois, ministre du Saint-Esprit, accompagné de MM. Bossut et Montucla, de l'Académie des Sciences, et de deux ingénieurs; et postérieurement par M. Duparcieux. Dans aucun de ces essais on ne put parvenir à monter l'eau sur la tour : M. Camus fut le seul qui en répandit quelques gouttes au pied, mais les tuyaux crevaient; et la charpente, quoiqu'assujétie par des chaînes de fer, se décomposait. Les procès-verbaux de ces essais existent encore (2).

____

(1) Mon opération est connue : mais ce n'est pas ici le lieu d'en donner les détails, et il en est un que M. Bralle ne connaît pas.

(2) *Un procès-verbal constate, et le fait est connu de tous ceux qui ont voulu le voir, que j'ai fait monter l'eau sur la tour; et que loin que la charpente s'é-*

D'après ces essais faits par des hommes célèbres, la Commission dont j'étais membre, et qui était nommée depuis long-temps pour examiner les projets présentés pour remplacer la vieille machine, se décida à rejeter les projets pour un seul jet. Plusieurs de ces projets, tels que ceux de MM. Laguaisse, Campmas, White et Bralle, avaient été examinés en l'an 3 par M. Prony, membre de la Commission, et Molard, directeur du Conservatoire des Arts, qui n'avaient pas voulu, avec raison, répondre de leur réussite : il est encore temps de revoir le projet que M. Bralle a présenté depuis vingt-cinq ans; et si j'étais assez heureux pour qu'une Commission fût nommée, tant pour les intérêts du Gouvernement, que pour cet objet, je serais enfin débarrassé de la prétendue ressemblance de son projet avec le mien, car je ne connais rien de plus dissemblable (1).

Le Gouvernement venait de céder à un adjudicataire les matériaux de la vieille machine, sous la condition qu'il fournirait 3600 muids d'eau sur la tour par vingt-quatre heures, et qu'il présenterait, pour l'exécution, un ingénieur dont les projets seraient approuvés. J'avais quitté la Commission; cet adjudicataire me proposa de me présenter. Alors certainement M. Bralle cessait d'être l'ingénieur de la machine : j'acceptai. La Commission, qui se voyait obligée de terminer, et qui était lasse d'un examen trop prolongé, me présenta le projet d'un de ses membres pour faire monter l'eau en deux stations; je me soumis à

---

branlât étant absolument libre, on ne sentait pas, en y portant la main, l'eau passer dans mes mauvais tuyaux. Si mon expérience avait suivi les essais que je viens de citer, je n'aurais pas eu lieu de me plaindre.

(1) M. Bralle m'a apporté son projet d'un seul jet, et je l'ai reçu par pure complaisance, attendu que la Commission avait décidé que ces projets ne seraient point examinés; mais comme il n'y avait pas joint les planches, je ne pouvais en faire aucun usage, et j'ai eu depuis lieu de me convaincre que ce n'était de sa part qu'une pierre d'attente. Plus loin j'en dirai davantage.

l'exécuter. Je présentai les moyens que je comptais employer pour y parvenir, et je fus nommé par le Gouvernement (1).

Arrivé à la machine de Marly à la fin de l'an 11, et en attendant la démolition d'une vieille roue inutile depuis vingt ans, que je voulais remplacer par une roue neuve qui devait faire mouvoir des pompes provisoires, j'étudiai les mouvements de l'eau dans la conduite, et je fis une épreuve qui servit de base à des calculs par lesquels je fus convaincu que je pourrais parvenir à faire monter sur la tour 1584 muids d'eau par vingt-quatre heures, même en me servant d'une vieille roue, la plus éloignée des vannes, pour ne point gêner le service de la vieille machine, ainsi que de la vieille charpente, pour épargner les frais. J'annonçai par écrit au département de Seine et Oise mes intentions et une partie des moyens que je devais employer pour y parvenir. M. le Préfet me permit verbalement d'exécuter mon projet, en me représentant les difficultés que j'avais à vaincre, et dont j'avais des exemples, mais en me faisant espérer, en cas de réussite, des récompenses honorifiques et lucratives. J'ai parfaitement réussi; ce sont les expressions consignées dans les rapports des Commissaires, ainsi qu'on le verra par la suite, et je n'ai dépensé tout au plus que quarante mille francs; enfin j'ai obtenu ce succès, 1° avec des tuyaux pourris de rouille, dont plusieurs n'avaient en quelques endroits qu'un quart de pouce d'épaisseur, et j'ai prouvé par là qu'il est des cas où la pression latérale n'est pas, à beaucoup près, aussi forte qu'on l'avait pensé avant moi; 2° avec une vieille roue la plus éloignée des vannes, et une vieille charpente dans le plus mauvais état, que je n'ai pas eu le pouvoir de réparer; 3° en essuyant des tracasseries et

---

(1) D'ailleurs la Commission voulait être sûre de l'Ingénieur qui exécuterait un projet qui lui appartenait.

des méchanchetés de toute espèce, que M. le comte Montalivet m'a dit avoir connues trop tard.

La vétusté des moteurs m'a forcé de réduire le produit de 1584 muids à 1080 muids par vingt-quatre heures, la roue ne faisant que trois tours par minute, au lieu de cinq tours qu'elle fait depuis qu'on a réparé la charpente. La méchancheté m'a causé plusieurs interruptions; j'ai été tourmenté par l'adjudicataire, et par un ouvrier que je n'avais pas le droit de renvoyer; et, malgré cela, j'ai vaincu la difficulté avec tout l'avantage possible. Il en résulte pour moi que je me suis donné beaucoup de peines; que j'ai fait un projet en grand qui m'a été demandé et qui a été approuvé à l'unanimité par la Commission; que son exécution aurait fourni, par vingt-quatre heures, avec trois roues, 7200 muids, dont les habitants de Versailles jouiraient depuis plusieurs années, et cela en dépensant 600,000 francs. Mais à l'instant où le Ministre m'ordonnait à Paris d'assembler la Commission pour commencer l'exécution de mon projet en grand, une pièce principale de ma machine fut rompue exprès, à Marly, par l'ouvrier dont je viens de parler, et c'est l'occasion que MM. Perier et Bralle ont saisie pour m'enlever le fruit de mes travaux et des dépenses considérables. Mes comptes doivent être encore au secrétariat de l'Intérieur.

PREUVES DE MA RÉUSSITE.

Le 10 octobre 1804, la première expérience de mon essai a été faite en présence de M. le comte Montalivet, préfet de Seine et Oise, de son secrétaire particulier, et de M. Prony, membre de l'Institut et directeur de l'École des Ponts et Chaussées, et de M. Richaud, conseiller de Préfecture. Le rapport détaillé, fait d'après les ordres de M. le Préfet, par M. Leroi, commissaire du Gouvernement pour la machine, rapport qui a été imprimé dans le journal de Seine et Oise, constate que cette réussite a été obtenue dans les circonstances les plus défavorables, l'eau étant au plus bas, la roue très-vieille et la plus éloignée des vannes, et les tuyaux pourris de rouille, ce que M. Prony avait reconnu en parcourant la conduite; enfin, que malgré cela, ma machine donnait autant d'eau que toute les roues de l'ancienne machine.

Le 10 novembre suivant, la Commission vint visiter mon essai en entrant dans tous ces détails, et elle vit qu'il produisait 1080 muids d'eau par vingt-quatre heures. Je lui remis un Mémoire de mes moyens.

Le 14 du même mois, la Commission, composée de MM. Bossut, Prony, Rondelet, Conté et Nory, donna au Ministre son rapport, qui se termine ainsi :

En examinant le local avec attention, en réfléchissant sur les causes qui arrétent ou ralentissent le cours de l'eau dans de longues conduites, et en étudiant les moyens d'y remédier, M. Brunet a pensé qu'on pouvait faire monter l'eau, d'un seul jet, depuis la rivière jusqu'à la tour. C'était à l'expérience à prononcer décidément; elle a été faite, et elle a parfaitement réussi. La Commission en a été témoin le 19 brumaire dernier (20 décembre 1804). M. Brunet expose ses moyens dans un Mémoire détaillé, qu'il est inutile de transcrire ici. Nous nous contenterons de dire que la nouvelle machine à construire, d'après ces principes, nous paraît préférable à toutes les autres; qu'elle sera solide, simple et peu dispendieuse. En conséquence nous croyons devoir inviter, autant qu'il est en nous, le Gouvernement à faire exécuter cette machine par M. Brunet qui la présente, et à lui faciliter tous les moyens de la porter à sa plus grande perfection. Suivent les signatures, et à côté celle de M. Leroi, commissaire du Gouvernement.

Le 23 avril 1806, la Commission, composée de MM. Bossut,

Monge, Prony, Rondelet et Nory, vint à la machine sans y être attendue. Ces Messieurs firent un rapport qui constate que ma machine produisait quinze pouces fontainiers (1080 muids) par vingt-quatre heures, et qu'en mettant la main sur la conduite, on ne sentait pas le passage de l'eau.

J'avais remis les plans de la nouvelle machine, qui m'avaient été commandés, et qui sont paraphés par M. Montalivet; la Commission, citée ci-dessus en fit trois examens : le premier fut fait le 28 janvier 1806 ; le second le 3 février suivant; et le troisième sept jours après, le 10 février. Le rapport fut donné au Ministre le 12 février. Ce rapport, dans lequel on voit la description du projet en deux stations, dont j'avais été chargé, dit que la Commission avait exigé, d'après son premier rapport, que M. Brunet fît des expériences; qu'elles ont été faites, et qu'elles ont *très-bien réussi*. Ce rapport se termine ainsi : *Il résulte de cet exposé, que la machine, proposée par M. Brunet, paraît devoir remplir l'objet qu'on desire. La Commission croit en conséquence que le Gouvernement peut l'adopter, et accorder à l'ingénieur toute la protection et tous les encouragements dont il aura nécessairement besoin dans l'exécution de ce grand et utile projet.* Suivent les signatures de MM. Bossut, Prony, Rondelet et Nory.

Je sais que M. le comte Champagny a toujours desiré que mon procédé, pour élever l'eau, fût suivi; que vraisemblablement ce n'a été que pour céder à des sollicitations, comme le Mémoire de M. Bralle le prouve pages 50 et 51, qu'il m'annonça que j'allais être remplacé : aussi lui représentai-je qu'il était trompé, et que j'étais sacrifié; ce que l'événement a pleinement justifié. Je suis encore reconnaissant envers ce Ministre, de la justice qu'il m'a rendue, en ordonnant qu'avant que je quittasse la machine, il fût fait un rapport de l'état dans lequel je la laissais, par les autorités du pays et par M. de Gilier, commissaire du

Gouvernement, auquel rapport M. Bralle assisterait; mais ce dernier, alors habitant la machine, s'y refusa, et envoya à sa place son dessinateur et son machiniste, lesquels *ont refusé de signer, comme n'y étant pas autorisés*. Quelle loyauté !

Ce rapport, en date du 26 mai 1807, commence par celui de M. de Gilier, qui dit que, par ordre de S. Exc. le Ministre de l'Intérieur, il a vu l'expérience de M. Brunet, ingénieur, donner sur la tour des aquéducs de la machine de Marly, *onze pouces fontainiers d'eau* (792 *muids*), *l'eau dépassant les trous de deux lignes.* « Je déclare en outre que la roue faisait trois tours par « minute, ce que j'ai vérifié par moi-même; que la rivière avait « trois pieds et demi de hauteur au-dessus du seuil des vannes, « et que la conduite éprouvait quelques pertes en différents en- « droits. L'ancienne machine donnait alors onze pouces d'eau. « En foi de quoi j'ai signé la présente déclaration. Suit la signa- « ture ».

Le rapport qui suit, fait par les autorités du pays, savoir, MM. Charlot, Nicolas, maire de la commune de Louveciennes; Jean-François Despoix, cultivateur audit Louveciennes, et Jean-Victoire Landon, receveur à vie des contributions audit Louveciennes. Ce rapport, fait en présence de M. de Gilier, commissaire du Gouvernement près les travaux, de M. Mathieu, dessinateur, et de M. Sellier, machiniste de M. Bralle, commence par le détail de l'état de ma machine; il cite les rapports qui ont constaté ma réussite; il porte que mon essai *a été mutilé et brisé à plusieurs reprises, et qu'enfin, au risque de produire moins d'eau, je l'ai changé de manière à donner moins de prise à la malveillance.* Ensuite il est d'accord avec les faits cités par M. de Gilier, en ajoutant et certifiant que la bache qui reçoit et mesure mes eaux n'a aucune communication avec l'ancienne machine, laquelle en ce moment ne fournissait avec neuf roues que onze pouces comme la mienne. Enfin ce rapport constate le mauvais état de la charpente, et sur-tout d'une bielle qui me forçait à ne donner que onze pouces au lieu de quinze pouces, et il finit ainsi : *En foi de quoi nous susnommés avons dressé le présent pour servir et valoir ce que de raison, et avons signé. Quant aux sieurs Mathieu et Sellier, ils ont refusé de signer, comme n'y étant point autorisés.*

Lettre de M. le Comte de Champagny, Ministre de l'Intérieur, en date du 14 mars 1807.

Considérant les essais heureux faits par M. Brunet, pour l'élévation de l'eau de la machine de Marly, d'un seul jet, depuis la rivière jusqu'à la tour de la montagne, et le zèle que cet artiste a déployé dans cette entreprise, dont d'autres avaient eu l'idée, mais qui n'a point été exécutée avant lui,

A r r ê t e :

Qu'il sera délivré à M. Brunet une gratification de 7000 fr., sur les fonds affectés à l'encouragement des arts.

Signé Champagny.

J'avais envoyé à M. le Comte Montalivet, Ministre de l'Intérieur, un exemplaire des calculs que j'ai faits pour établir les dimensions des fers de la coupole de la halle aux grains et farines (1) : il a bien voulu me dire, dans une lettre en date du 7 décembre 1809 : « Je vous fais, Monsieur, mes remercîments de cet envoi, qui m'a d'autant plus flatté, que je me rappelle avec beaucoup d'intérêt le zèle éclairé que vous avez montré lorsque vous étiez ingénieur de la machine de Marly, et le succès de votre expérience pour élever l'eau de cette machine. *Signé* Montalivet. »

----

(1) Cet ouvrage se trouve chez M. Firmin Didot.

Lettre de M. Bralle.

Dans une Lettre en date du 28 mai 1807, toujours après plusieurs jactances, M. Bralle me dit :

« Vous pouvez donc être assuré, Monsieur, que je ferai tout
« ce qui dépendra de moi pour faire tourner votre machine d'é-
« preuve au profit des habitants de Versailles ; et si, dans des
« changements que je crois devoir y faire, je ne me conforme
« pas absolument à ce que vous voulez bien prendre la peine
« de m'indiquer, je mettrai au moins tous mes soins à la per-
« fectionner, et à prouver encore mieux la possibilité de refouler
« de l'eau, d'un seul jet, à une hauteur où l'art n'avait point
« encore osé atteindre. »

Je termine ici des citations que je pourrais étendre ; et je demande à M. Perier s'il est fondé à dire, page 32 de son Mémoire : *L'expérience de M. Brunet, qui, dit-on, monta l'eau à Marly d'un seul jet sur l'aquéduc, ne fera pas changer mon opinion à cet égard ?* Mais M. Perier ne s'aperçoit donc pas qu'il fait une insulte aux Ministres, et à ceux de ses collègues qui ont constaté si authentiquement ma réussite. M. Perier annonce plusieurs fois, dans son Mémoire, qu'il a démontré l'impossibilité d'élever l'eau d'un seul jet, et il termine sa phrase d'un ton emphatique, en disant : LA THÉORIE LE PERMET, LA PRATIQUE LE DÉFEND. Quant à la démonstration, je ne la vois ni ne la verrai ; mais ce que je vois au contraire avec certitude, c'est que la théorie le permet, et que la pratique le prouve. Que veut-il, M. Perier, qu'on pense de sa véracité, lorsqu'il appuie ses assertions par de fausses dimensions et de faux calculs, qui le conduisent à réduire une charge de près de 12,000 livres à 3000 livres? On ne dira pas qu'un savant hydraulicien ne sait pas faire un calcul de pompes ; mais alors que dira-t-on ? (1)

---

(1) Je ne vois en M. Perier qu'un homme qui se trompe de bonne foi, et qui

Quant à la suppression du bras de la machine pour en rendre les eaux à la navigation, c'est une espèce de rêve qui n'a servi que de prétexte, et qui ne mérite pas d'être réfuté. Mais ce qui n'est point un rêve, c'est qu'en mécanique, lorsqu'on a un moteur qui ne coûte rien, on ne doit pas l'échanger contre un autre moteur qui coûterait, seulement en combustible de première nécessité, à-peu-près 150,000 livres par année. D'ailleurs, je connais les parties incohérentes qui composent cette montagne noyée d'eau, et il n'est point d'homme sensé qui se décidât, en connaissant la nature des éléments de cette montagne, à être l'associé de M. Perier, dans le cas où il viendrait à bout de tenter l'exécution de son projet.

M. Bralle emploie des moyens plus adroits pour parvenir à son but, qui est de rapporter tout à lui. Au commencement de la page 7 de son Mémoire, il semble que les mauvais tuyaux dont j'ai été forcé de me servir pour former ma conduite n'aient pu fournir l'eau que depuis qu'il a jeté çà et là des compensateurs. Depuis le 2 octobre 1804 jusqu'au 26 mai 1807, toutes les fois que mon opération n'a point été troublée par les fortes gelées ou par des méchancetés que je ne pouvais pas réprimer, parce que je n'étais pas le maître absolu sur mes travaux, ma roue a donné l'eau à Versailles, et je saisis de tout mon cœur cette occasion pour rendre graces aux habitants de cette ville, qui ont eu la bienveillance de nommer *Brunette* la roue dont

---

serait revenu de son erreur, s'il eût pris la peine d'examiner mon expérience à l'instant où je l'ai quittée, c'est-à-dire, avant que M. Bralle l'eût dénaturée par des récipients d'air inutiles ; enfin, s'il eût vu mon projet en grand, qui n'admet point d'intermittence. Cela ne m'empêchera pas de regarder M. Perier comme un habile homme, digne de la place qu'il occupe à l'Institut, et auquel la France a l'obligation de profiter de l'introduction des pompes à vapeur qu'il a perfectionnées conjointement avec son frère. Mais il m'a réduit à défendre ma cause.

je me suis servi. D'ailleurs, outre les preuves que j'ai données de ma réussite, et les Commissaires que j'ai nommés ci-dessus, j'ai pour témoins les prix décennaux, M. Gondouin, architecte, M. Molard, directeur du Conservatoire des Arts, et le public. Il faut croire que tout cela doit l'emporter sur de fausses allégations, ou des délations quêtées à des hommes sans défense. Enfin, si les tuyaux que j'ai imaginés pour obvier à la température et à tous autres inconvénients, tuyaux dont le projet a été approuvé dans le rapport cité ci-dessus en date du 22 février 1805, qui s'exprime en ces termes : *Il emploie* (M. Brunet) *d'autres moyens contre les autres inconvénients, comme, par exemple, pour corriger le mauvais effet qui résulte de l'alongement ou du raccourcissement des tuyaux par les alternatives du chaud et du froid, pour empécher que les graviers n'entrent dans la conduite, et ne viennent à l'obstruer ou à l'endommager ;* si ces tuyaux, dis-je, eussent été confiés aux mains d'un homme moins acharné contre moi, qui les a fait poser sans les assujétir ; ou plutôt si je les eusse posés moi-même, on jouirait d'une invention utile qui se trouve perdue.

Pages 5 et 6 du Mémoire, M. Bralle parle des pistons à cuirs estampés qui ont duré six à sept ans ; mais il ne dit pas que c'est moi qui les ai imaginés.

Je ne dirai qu'un mot sur le récipient d'air cité dans la même page 7, parce que ce récipient, et les pompes à air que M. Bralle y a substituées ont été inutiles. C'est ce que je m'oblige de prouver, si l'on nomme une Commission.

Page 12, dernier paragraphe, il cite de M. le comte de Champagny, ministre de l'intérieur, l'arrêté que voici : « Vu le rapport en « date du 23 février dernier (1806), la Commission chargée d'examiner les divers moyens proposés pour la construction de la « nouvelle machine de Marly, ordonnée par l'arrêté du Gouvernement du 13 frimaire an 11, dans lequel elle déclare que le

« moyen de l'élévation de l'eau par un seul jet , depuis la rivière
« jusque sur la tour , *est préférable à tout autre* , et offre assez
« de certitude *d'un grand succès pour devoir étre employé en ce*
« *moment* ». Mais la certitude de ce grand succès , c'est mon opération qui l'a donnée, et M. Bralle n'y peut rien prétendre ,
puisqu'il n'est entré à la machine qu'après l'arrêté que je cite ,
dont le premier article porte : « Le mécanisme de la nouvelle
« machine de Marly sera conçu et exécuté de manière à faire
« monter l'eau *d'un seul jet* , depuis la rivière jusqu'à la tour de
« la montagne de Marly , et ce , d'après les bases indiquées au
« rapport de la Commission. »

Voilà donc M. Bralle mis en possession d'une découverte qui
ne lui appartient pas, et d'un travail qui ne demandait qu'à être
perfectionné ; ce qu'il n'a pas fait , et ce que j'aurais certainement pu faire , si on m'avait donné le quart de l'argent que
M. Bralle a eu dans les mains pour cet objet.

M. Bralle, page 53 de son Mémoire , dit : « Depuis plus de
« quinze ans , l'un de mes projets aurait été exécuté , si j'eusse
« pu transmettre plutôt à mes Juges l'intime conviction où *j'étais*
« de la possibilité de monter l'eau d'un seul jet depuis la rivière
« jusques sur l'aquéduc ». On ne peut pas disconvenir qu'il y
avait , en ce cas , incapacité d'un côté ou de l'autre.

Plus bas , à la même page, M. Bralle dit : « Les doutes qui en
« avaient fait suspendre l'exécution se sont évanouis , depuis que
« *j'ai démontré , par une expérience de six ou sept ans, et qui*
« *subsiste encore* , qu'avec la plus faible des roues de la machine
« actuelle, il était possible d'élever 22 à 23 pouces d'eau , d'un
« seul jet , à près de 500 pieds de hauteur ». Oh ! pour le coup,
voilà la pauvre Brunette débaptisée par M. Bralle, qui ne peut
pas dire plus positivement qu'il a tout fait. Mais comme il s'est
douté qu'il allait trop loin , il dit , dans la note au bas de la page :

En citant les premiers essais de cette expérience, M. Perier affecte de ne parler que de M. Brunet, quoiqu'il sache très-bien que c'est moi qui l'ai terminée et portée au point où elle est : je dois revendiquer mes droits dans une circonstance aussi importante. Dans ce peu de mots, tous les aveux sont consignés sous une forme bien astucieuse : *M. Perier ne parle* QUE DE M. BRUNET. Jusques-là, qui doute, au style de M Bralle, qu'il soit l'inventeur? Et quand mon nom lui échappe à regret, n'est-ce pas véritablement par opposition à l'honneur qui m'appartient, et pour m'écarter de tout droit à la découverte? en même temps que, faible logicien, il convient n'avoir fait que terminer et porter, dit-il, l'expérience au point où elle est.

J'avais terminé mon opération par la suppression du récipient; il ne fallait plus que faire rétablir la charpente par un homme moins présomptueux et plus juste que M. Bralle : on aurait économisé plus de deux millions.

La machine de Marly est confiée à MM. Cécile et Martin; la réunion de leurs talents est fort essentielle en ce moment, mais la pompe à feu me paraît mal placée : cependant la simplification où M. Martin l'a portée dans son modèle, mérite des éloges et de l'encouragement. Il serait fâcheux que ses idées ne trouvassent point un local plus convenable (1).

J'ai entrepris mon opération, je le répète, parce que j'étais sûr de réussir; et je le prouverai, si on nomme une Commission, non pas parce que je veux en faire un secret (je n'ai jamais de secret pour les choses utiles), mais parce que je ne veux pas que

---

(1) M. Perier doit se souvenir que M. Bolton, qui lui a donné des renseignements sur les pompes à feu, fut mandé par M. d'Angivilliers, et que cet habile homme, après avoir vu la machine de Marly, dit à ce Ministre : *Qu'on n'employait en Angleterre les pompes à feu que faute de cours d'eau; qu'elles étaient inutiles pour Marly;* et il reprit la route de Londres.

des efforts de l'envie viennent étouffer mes moyens. Je desire ardemment que l'on agisse à coup sûr : je déclare que cela est possible, et que, dans l'état où j'ai quitté mon travail, il ne fallait que la comparaison de mon projet en grand, pour établir la nouvelle machine avec toute la certitude possible; on eût évité par ce moyen des tâtonnements qui ne font qu'augmenter des dépenses souvent inutiles. C'est dans cette vue que je demande le rétablissement de ce que j'ai fait; rétablissement qui ne coûtera que quelques jours de travail. Je ne demande même pas à le diriger, mais que MM. Cécile et Martin le fassent faire, en ma présence cependant, puisque je deviens responsable de la réussite : après quoi je me retirerai; car, pourvu que le bien s'opère, je serai satisfait.

La plupart des hommes sont naturellement ambitieux, et ce sentiment les aveugle souvent. Je me suis donné beaucoup de peine à la machine de Marly, j'y ai dépensé mon argent; pourquoi M. Bralle veut-il m'enlever jusqu'à l'avantage d'avoir réussi? Pourquoi pousse-t-il son égarement jusqu'à vouloir me rayer de la liste des vivans pendant les quatre ans que j'ai passés à faire une découverte utile? En effet, pour mieux s'attribuer mon travail, il se dit ingénieur de la machine depuis 1793 jusqu'en 1811; et, en 1803, l'adjudication ordonnée par le Gouvernement l'avait déplacé de la machine; et l'adjudicataire qui m'a présenté y serait encore, s'il n'avait pas voulu me faire répéter mon opération avec les vieilles charpentes et les vieilles roues, au lieu de faire une machine nouvelle et solide, ainsi que le Gouvernement me l'avait commandé. Pourquoi, pendant dix ans que M. Bralle a été paisible ingénieur de la machine, après l'injuste emprisonnement de M. Gondoin, ex-directeur auquel on aurait dû la rendre, n'a-t-il pas eu, comme moi, l'idée de demander la permission de faire un essai, ce qu'il eût certainement obtenu sans s'exposer autant que moi? Pourquoi, lorsque la grande difficulté est vaincue, vient-il se jetter à corps perdu sur mon opération, en faisant entendre que c'est lui qui a tout fait ? Et qu'a-t-il fait ? Il a raccommodé la vieille charpente, ce que je n'avais pas eu la permission de faire.

M. Bralle attaque Rennequin, inventeur et exécuteur de l'ancienne machine de Marly, qu'il traite assez mal en faisant un grand étalage de calculs ; mais encore faudrait-il que ces calculs fussent justes. Par exemple, il dit que la quatorzième roue était chargée de 38,730 livres ; mais cette roue menait par chacune de ses deux manivelles huit pompes dont les plus fortes avaient sept pouces de diamètre. Or, comme M. Bralle annonce page 3, que dans ses calculs il a fait abstraction des frottements, il est constant que pour faire monter l'eau à 130 pieds, cette roue ne devait faire qu'un effort d'environ 19,000 livres. Il ne faut pas que des calculs soient de la poudre qu'on jette aux yeux. L'ancienne machine a bien des défauts, mais cela n'empêche pas que ce ne soit une grande conception faite pour passer à la postérité, malgré les calculs de M. Bralle.

Je ne crois pas que M. Bralle, dans son Mémoire, traite M. Perier avec les égards qui sont dûs à un homme d'un mérite et d'une utilité reconnus. Peut-être que des sondes multipliées, et faites en présence de M. Perier, eussent pu le convaincre au point de le faire renoncer à son projet ; d'ailleurs, si M. Bralle se croyait forcé d'exécuter ce projet, ce qui n'est pas vraisemblable, il semble qu'il aurait pu commencer par des opérations qui tendissent à dessécher la montagne, opération que j'indiquerai si on le croit nécessaire ; et alors l'argent aurait été dépensé utilement, car il est à craindre que cette montagne perpétuellement noyée, qui a toujours fléchi et qui fléchit encore, ne finisse par culbuter le grand chemin dans la rivière.

M. Bralle avoue, page 34 de son Mémoire, que c'est de son chef qu'il a fait creuser le puits sous la tour des aquéducs. Il semble que ce puits eût été mieux placé à quelque distance de cette tour, ce qui était sans inconvénient ; mais ce qu'il y a de plus étonnant, c'est qu'après que la lésarde se fût manifestée, on ait continué de creuser le puits, en se contentant d'observer avec des coins de bois cette lésarde, jusqu'à ce qu'enfin les ouvriers fussent effrayés au point d'abandonner le travail.

Cette tour que j'ai conservée comme un monument en faisant monter l'eau soixante pieds plus haut, n'est pas sans utilité ; mais elle n'est pas à beaucoup près dans un état rassurant, vu les affouillements qui se sont formés autour du puits, et qu'on n'a pas pu éviter, même en le comblant.

Quant à moi, M. Bralle cherche à me mettre dans l'oubli, afin qu'il ne soit question que de lui et de son projet de trente ans ; mais on m'a procuré ce fameux projet consigné dans le rapport fait par MM. Prony et Molard dans l'an 3, et que j'ai déja cité. On y désigne une roue de 39 pieds 8 pouces de diamètre, mesurée à l'extrémité des aubes ; sur chaque extrémité de l'axe de cette roue, une forte roue de métal en forme de cœur, dans le genre de celle de Lahire, pour faire agir un levier du troisième genre, dont l'axe de rotation sera du côté d'aval à 33 pieds 4 pouces du centre de la roue, et portera à ce centre une roulette de métal qui roulera sur la courbe en cœur : la petite branche du levier sera chargée à-peu-près à 13 pieds 4 pouces du même centre, et fera mouvoir trois pompes de huit pouces de diamètre, qui doivent élever sur la tour 46 pouces d'eau. Si on multiplie la somme des superficies de ces trois pompes par 500 pieds et le produit par 70 livres, poids du pied cube d'eau, on trouvera que la charge au bout du petit bras est de 36,673 livres ; on ne peut pas mettre moins d'un tiers de cette quantité pour les frottements, ce qui porte cette charge à 48,897 livres. Or, comme le levier est du troisième genre, c'est-à-dire, le plus faible qu'on puisse employer, et que ses deux branches sont dans la proportion de cinq à deux, on verra que la puissance exercera au centre de la roue une force de 68,456 livres ; et j'ai fait céder

la septième roue de la machine de 36 pieds de diamètre sous
le poids de 23,356 livres, la hauteur de l'eau étant à l'échelle
de la machine à 6 pieds 6 pouces et la vanne levée de 14
pouces (1). Il est vrai que la roue était vieille ; mais quelle dif-
férence de 23 à 68 milliers ? Maintenant je reviens au levier,
il a environ 46 pieds 8 pouces de longueur totale, et sur la gra-
vure il paraît avoir deux pieds sur un pied de grosseur. Eh bien !
il est constant qu'en le supposant de 2 pieds sur 18 pouces, posé
sur son champ et établi solidement sur ses extrémités, il ne sup-
porterait pas un poids de 19,000 livres. Qu'après cela M. Bralle
vienne dire qu'il n'a jamais pu pénétrer ses juges de l'existence
de son projet.

Enfin je crois pouvoir assurer que le projet de M. Bralle ne
paraîtrait qu'un joujou pour la force, si on le comparait à mon
projet en grand (2).

Il est prouvé par tous les procès-verbaux que j'ai cités, que
j'ai fait monter quinze pouces d'eau sur la tour, ma roue ne faisant que trois tours par minute, au lieu de cinq tours qu'elle
fait à-présent que la charpente est en meilleur état. Or, comme
il est certain que la quantité d'eau fournie est en raison du
nombre de tours que la roue fait, en admettant cette proportion 3 : 5 :: 15 : 25, on voit que si la vétusté de ma roue et de ma
charpente ne m'eût empêché de faire faire cinq tours à ma roue,
j'aurais fourni 25 pouces d'eau au lieu de 15 ; et qu'en supposant
même que je n'aie fourni que 12 pouces avec trois tours, j'en
aurais fourni 20 pouces avec cinq tours, comme elle les fournit
à-présent dans le mauvais état où M. Bralle a laissé mon opération. Je dis mauvais état, et je vais le prouver.

---

(1) Cette opération a été faite le 5 frimaire an 12 ; j'en ai donné la note à
M. de Champagny.

(2) Ce projet a été exposé et développé plusieurs jours sur une table dans la
bibliothèque des Ponts et Chaussées où plusieurs Ingénieurs ont pu le voir,
ainsi que M. Bralle, qui allait être reçu dans ce Corps aussi utile que respectable.

Lorsqu'on connaît la force qu'on peut employer, et qu'on a trouvé la proportion qui doit exister entre les parties d'un système, proportion dont on ne paraît pas s'être assez occupé jusqu'à présent, quoiqu'il n'y ait que ce moyen pour élever l'eau à de grandes hauteurs; il est inutile, et je peux dire dangereux, de mêler de l'air avec de l'eau pour la faire monter; car lorsqu'on a une force suffisante pour vaincre la résistance et les frottements, il importe peu que l'eau pèse 70 ou 68 livres le pied cube : et alors, comme le mélange absolu de l'air avec l'eau n'est pas facile à opérer, on ne doit pas s'exposer à voir l'air se caser dans les conduites et faire crever les tuyaux; car il est prouvé par les expériences faites en 1738, 1747 et 1775, que lorsqu'on voulait essayer de faire monter l'eau sur la tour, les tuyaux crevaient; que les charpentes s'ébranlaient, et que le mécanicien Bockstallet fit fondre des tuyaux de quinze lignes d'épaisseur, qui ne purent pas résister : au lieu que dans mes expériences, tous ces accidents-là n'ont point eu lieu (1), et que j'ai prouvé, comme on le verrait encore, qu'avec de mauvais matériaux on élevait l'eau sans crainte et sans le secours de l'air. Je me suis même aperçu, après avoir plongé mes pompes dans une bâche, lorsque j'y fus forcé par l'engorgement inévitable du sable fin ramené par le remoux de l'eau (2) dans mes aspirations, qu'en acquérant plus de force, l'air des récipients se mêlait avec l'eau; et ce fut alors que je pris le parti de faire une espèce de fourche qui recevait l'eau des quatre pompes, et la rendait dans la conduite. C'est cette même fourche qui était posée horizontalement, et que M. Bralle, qui n'en connaissait pas l'usage, a élevée verticalement, pour qu'une de ses branches allât se mêler avec l'air d'une pompe, quand je ne cherchais qu'à

---

(1) Ce n'est point par un miracle que des tuyaux réduits par la rouille à une très-faible épaisseur ont résisté, lorsque, dans le même cas, des tuyaux neufs et et d'une forte épaisseur ont été brisés ; c'est par un calcul auquel je dois ma réussite.

(2) Ce remoux avait lieu, parce que ma roue est posée à l'extrémité de la chûte.

l'éviter. Cette manœuvre fait faire à une branche des deux pompes un angle aigu qu'il faut que l'eau parcoure pour se rendre dans la conduite : alors il ne serait pas étonnant que la pompe à air adoucisse un peu la dureté du passage de l'eau dans cet angle aigu ; mais qu'on remette ma fourche dans la position horizontale où je l'avais placée, on sera convaincu de l'inutilité des moyens de M. Bralle, et on verra que, débarrassée de cette entrave, ma roue fournira 25 pouces d'eau au lieu de 20 pouces.

Lorsque j'ai quitté, bien malgré moi, une opération que je desirais mettre à fin, les grandes difficultés étaient surmontées ; il ne s'agissait plus que d'empêcher l'intermittence du versement de l'eau sur la tour. Comme j'avais été forcé de me servir de l'ancien mécanisme, il est prouvé, par sa construction, que j'ai été obligé de faire mouvoir deux pompes à-la-fois, au lieu de les faire mouvoir l'une après l'autre. Mais le moyen le plus sûr, c'est d'avoir une machine solide qui ne donne point d'intermittence. Alors le ressort de l'air est inutile. Or, c'est ce que j'ai offert dans mon projet en grand. Ce projet a été approuvé à l'unanimité par la Commission, qui n'a obtempéré qu'avec regret à mon déplacement. Il est fâcheux que je n'aie pas eu la permission d'établir une seule roue des trois que je me proposais ; car il est certain que les deux autres roues auraient été ordonnées de suite, et que Versailles jouirait depuis trois ans, en mettant les calculs au plus bas, de 7200 muids d'eau par 24 heures, et qu'au moyen des réservoirs qui ne demandent qu'à être réparés, cette ville ne manquerait jamais d'eau, en même temps qu'on se dédommagerait des sommes perdues par des économies. Ce ne sont point ici des jactances, ce sont des faits qu'on ne peut contester que dans l'ombre, mais qu'on ne pourra jamais détruire en nommant une Commission que je sollicite pour les intérêts du Gouvernement, afin de le garantir de dépenses perdues, et pour conserver une découverte utile qui appartient à la France.

DE L'IMPRIMERIE DE FIRMIN DIDOT, RUE JACOB, N° 24.

www.ingramcontent.com/pod-product-compliance
Lightning Source LLC
LaVergne TN
LVHW010305190726
843502LV00014B/2576